KB176421

성연 신인선 14

숲속의 아침

95그루의 시심으로 꽃을 피우다

도서
출판 성연

건강한 습지 건강한 인간의 공존은 문인의 꿈

전국에 계시는 시와 늪 가족 여러분! 그리고 시와 늪과 소통하고 계시는 우호 단체 가족 여러분과 애독자 여러분! 건강한 습지 건강한 인간의 공존은 문인의 꿈이라는 굳은 신념으로 걸어온 지도 15년이 흘렀습니다. 그동안 여러분들의 참여와 응원 덕분에 더욱 탄탄한 단체로 발전해 나가고 있으며 한 치의 빈틈도 없이 끝없이 도전하고 있습니다. 이는 여러분의 변함없는 동행이 있었기 때문에 가능했던 것입니다.

본 단체가 창간 당시 세계 각국의 정부 대표와 관련 국제기구 NGO(비정부기구) 관계자가 모여 전 지구적인 환경문제와 습지 보존 방안을 논의하는 행사가 있었습니다. 이 행사는 세계적인 행사로 제10차 람사르 총회였으며 이 행사의 성공개최를 위해 『건강한 자연』 『건강한 사람』 『건강한 문학』의 타이틀을 걸고 경남 창원시 마산회원구 내서읍 호계리(자연과 사람) 잔디밭에서 환경축제와 함께 창립(창간호 발행) 합류하는 문학단체로 시작했습니다. 그 후 현재까지 한 번도 결 간 하지 않고 2023년 가을호 61집 발간은 물론 생태 보전을 널리 알리기 위해 시작한 창원 용지호수 및 3.15 해양누리공원, 태백시 철암역 둘레길, 진해 해양공원 등 전국 곳곳에 시화 전시와 시화작품 모음집인 전자시집 『동행』의 발행과 함께 종이책 시화집도 동시 출간하는 성과를 얻었으며, 국내는 물론 해외까지 알려진 바는 본

협회의 긍지입니다.

건강한 습지 건강한 인간의 공존이야말로 이 시대의 문인들이 꿈꾸고 가꾸어야 할 절대적 가치이며, 또한 열린 소통은 자연과 인간의 생존 약속이라는 신조로 본회가 나아갈 길임을 천명하며 걸어왔습니다. 창간 후 2008년과 2011년 가을에는 각 장르 예술인을 아우르는 1800명의 어린이와 500명의 예술인 가족이 모인 가운데 환경축제는 물론 진해 해양공원, 3. 15 해양누리공원 등 책 나눔 행사와 예술인과의 네트워크로 이루어진 풍성한 행사를 열어오는 등 열정이 대단한 단체이기도 합니다. 2023년 8월5일에는 시와늪소릿결시낭회를 출범시켜 더욱 활력이 넘치는 단체로 변모 할 것으로 예상됩니다.

이와같이 모든 예술인과 독자 간의 소통과 공감을 통해 한층 더 성숙 되고 안정감 있는 단체로 거듭날 것을 약속드립니다. 앞으로도 많은 우호 단체와의 교류로 전국은 물론 해외까지 흩어져 어려운 여건이지만 열린 소통의 장을 열어 갈 것이며 한세대의 삶에서 끝이 아니라 먼 후세에까지 인류 보존을 위해 깨끗하고 맑은 세상을 물려주기 위해 노력할 것입니다. 그러기 위해 생태를 위한 문학의 꿈을 현실로 받아들이며 모든 시와 늪 가족여러분의 지혜를 모아 삼라만상參羅萬像이 꿈을 꾸며 살아가는 모든 생명체를 위해 보존적 목적으로 운영하는 단체로 이끌어 갈것임을 다시 한번 더 약속드립니다. 감사합니다.

임해진 낙동강변에서 2023년 8월
시와늪 대표 배성근

초대시

배 성 근   송 수 권   공 광 규   하 영

아버지의 꽃신

배성근

최윤희

김선옥

김관식

임윤주

조정혜

노준섭

박선미

진장명

장금희

예박시원

박용인

조정숙

곽의영

배만식

이순옥

최문수

김강희

윤명학

바다가 그리운 날에

김 명 이　　김 태 순　　허 기 원　　김 혜 숙　　이 재 란　　박 근 태

최 순 연　　박 용 진　　권 태 춘　　하 묘 령　　서 정 자　　고 창 희

정 광 일　　김 미 숙　　구 도 순　　이 수 일　　정 영 철

꿈꾸는 다락방

김 지 연　박 인 재　김 인 생　강 하 영　김 정 희　배 정 숙

김 성 선　엄 윤 남　구 나 윤　고 안 나　이 혜 순　백 성 일

박 상 진　조 윤 희　백 이 석　김 진 석　송 선 희　김 맹 한

청춘

정 연 우

강 봉 래

김 완 수

김 명 호

김 명 길

이 정 순

최 용 순

정 인 환

이 춘 애

이 혜 원

김 은 경

김 민 영

홍 윤 헌

이 원 희

황 혜 림

김 종 석

송 영 자

홍 병 훈

우수작품선정

2023년 가을 시화전시 참여 작가 우수작품 선정

당선 작가

- 『그대라는 섬에게』 _ 최윤희 **최우수상**
- 『가을 편지』 _ 노준섭 **우수상**
- 『꽃과 의자』 _ 박선미 **우수상**
- 『통술거리』 _ 김인생 **특별상**
- 『설화』 _ 진장명 **장려상**
- 『봄비와 진달래』 _ 황혜림 **장려상**
- 『고인의 행선지』 _ 이원희 **장려상**

최 윤 희   노 준 섭   박 선 미   김 인 생

진 장 명   황 혜 림   이 원 희

까치밥

송수권

고향이 고향인 줄도 모르면서
긴 장대 휘둘러 까치밥 따는
서울 조카아이들이여
그 까치밥 따지 말라
남도의 빈 겨울 하늘만 남으면
우리 마음 얼마나 허전할까
살아온 이 세상 어느 물굽이
소용돌이치고 휩쓸려 배 주릴 때도
공중을 오가는 날짐승에게 길을 내어 주는
그것은 따뜻한 등불이었으니
철없는 조카아이들이여
그 까치밥 따지 말라
사랑방 말쿠지*에 짚신 몇 죽 걸어 놓고
할아버지는 무덤 속을 걸어가시지 않았느냐
그 짚신 더러는 외로운 길손의 길보시가 되고
한밤중 동네 개 컹컹 짖어 그 짚신 짊어지고
아버지는 다시 새벽 두만강 국경을 넘기도 하였으니
아이들아, 수많은 기다림의 세월
그러니 서러워하지도 말아라
눈 속에 익은 까치밥 몇 개가

겨울 하늘에 떠서
아직도 너희들이 가야 할 머나먼 길
이렇게 등 따숩게 비춰 주고 있지 않으냐.

*말쿠지: 말코지. 물건을 걸기 위하여 벽 따위에 달아 두
는 나무 갈고리.

별 닦는 나무

공광규

은행나무를
별 닦는 나무라고 부르면 안되나
비와 바람과 햇빛을 쥐고
열심히 별을 닦던 나무

가을이 되면 별가루가 묻어 순금빛 나무

나도 별 닦는 나무가 되고 싶은데
당신이라는 별을
열심히 닦다가 당신에게 순금 물이 들어
아름답게 지고 싶은데

이런 나를
별 닦는 나무라고 불러주면 안되나
당신이라는 별에
아름답게 지고 싶은 나를

달빛반야

하 영

소나무가지에 걸린 달빛으로
정갈한 옷 한 벌 지어
숨 멎을 듯 그리울 때,
마음이 그대에게 가자고 할 때마다
꺼내 입으리

그 마음길,
댓잎에 사운대는 바람소리
산짐승 울음소리 발자국소리는 물론
풀벌레의 숨소리까지 고이 싸서
아스라한 하늘 저쪽
아득한 하늘길에 던져두리

저 옷 한 벌,
추운 이들
바라만보아도 참으로 따뜻해지리

| 1부 |

아버지의 꽃신

폐선弊船

비 오는 날 한적한 바닷길을 걷다가
한 폐선을 보며 늙은 어부를 기억한다
젊은 어부가 뭍에 나가지 못하고
평생 고향을 지키며 살았던 그곳에
수년 동안 함께 자리 잡은 바다
저승꽃이 핀 담장 밑에
핏기하나 없는 동백꽃이
쓰러질 듯 퇴색되어 툭툭 떨어지며
몸도 마음도 늙어가고 있다
일찍부터 일손을 놓고 정박 중인 탓이다
바다와 한 몸으로 살아온 목선
지칠 대로 지친 모습으로
비스듬히 쓰러지듯 누운 채
망가질 때로 망가진 살점을
저 파도가 갉아먹고 있다
저 배도 힘찬 스크루를 돌리며
내내 만선의 꿈을 꾸었을 것이다
내일을 위해 아름다운 항해 하며
먼 바다 길을 나섰다가 돌아올 때는
귀하고 아름다움을 가득 싣고 왔으리라
세월은 인생을 삼켜 사라지고

답답한 가슴을 푸는
긴 담배 연기를 뿜으며 선
늙은 어부의 모습처럼
먼 바다 바라보며 정박 중인 폐선
어떤 때는 잔파도가 등을 두드리고
어떤 때는 모진 바람이
파도를 몰고 와 늙은 살점을 찍어
바다의 품에 뿌리고 있다
석양이 몹시 빨갛다

그대라는 섬에게

서울 최윤희

그대라는 섬이 있다
내 몸에서 떨어져 나간
바다에 그대라는
섬이 생겼다

그대를 채운 길
물들이 차여
바다로 모일 때
섬이 생겨난다

물로 차서 빚진 날
섬이 되여버린 그대에게
나는 들어가는 물이다
밀물 썰물이 헤어지고
물빛마저 캄캄해 질 때

그대 나오는 물길
그대 오는 길을 열며
그대가 떠나 온 섬에
그대를 부추긴
바다를 연다

몸을 맡기다

김선옥

마취에 들어갔다
웃음도 통증도 내 것이 아니다

혼미한 꿈결의 경계를 허물고
살아서 저승을 갔다
저승에서, 부모님을 만나
엄마보다 더 늙은
인사를 드린다

자식들이 울다가 다녀갔는지
메스로 뱃속을 가르고
내장을 꺼냈다 넣었는지
몸을 의사에게 맡긴 일 말고는 알 수 없다

눈 뜨세요

몸 맡겼다 정신을 돌려받는지
가물가물
죽음이 살아나는 중이다

"아유 참"

지금은 듣기 힘든 소리
사람 냄새 짙게 나는 소리다.

예전에 동네방네 흔히 듣던 소리
아낙들 동네마실 다니는 소리다.

"콩이 엄마 우리 떡 했네, 따끈할 때 먹으라고"
"아유 뭘 이런 걸 다, 아유 참 매번 받기만 하 네"

"아유 뭘", "아유 참" 소리 날 때마다
인정도, 뜬소문도 넘쳐 났었다.

쟁반에 떡 담고, 입 안 가득 구설 머금고
아낙은 입이 근질거려 잰 걸음 질 하곤 했다.

이웃집 젓가락 개수 까지 꿰던 시절
"아유" 소리 무성하던 정겨웠던 동네

어제의 미풍양속이
오늘은 구태악습이 되었다.

주택가 어귀부터 사람 냄새 가셔지고
소리죽인 말소리만 듣고 사는 요즘이다.

"여보 냄새 나가요 문 닫아요. 또 뭐라 할라"

새어 나오는 기억 한줌

임윤주

오늘이란 시간도 황혼빛으로 물들어가고
자욱한 물안개처럼 희뿌연 머리카락
굴곡을 이룬 눈가에 주름살
뒤돌아보니 꿈만 같구나

세월 따라 흘러가는 인생은
쳇바퀴 돌듯이 쉼 없는 장전
힘들어도 참아내고
어려워도 굳세게 버텨 왔구려

오늘의 궁핍함도 언젠가는
쨍하고 해 뜰 날 있지 않겠소
그러하니
무소의 뿔처럼 꿋꿋하게 살아가세나

하얀 그리움

임윤주

사라지는 눈처럼
그대 향한 그리움도
어느샌가 사라져버리겠죠

밤새 소리 없이 내린
하얀 눈을 보며 몽글거리는
마음으로 그대에게로 가렵니다

하얀 눈이 수북이 쌓인
거리를 거닐다 문득
그대 그리움으로 또
울컥해지는 쓸쓸한
겨울 속으로 걸어갑니다

설중매

나율 조정혜

나의 붉음을 날마다 보려거든
흰 눈으로 수줍음은 덮어 주되
질투와 격동으로 흔들지 말고

나의 미모 오래도록 보려거든
매일 맑은 태양 아래 있게 해 주되
달아오른 내 볼에 님의 입술 포개지 말고

나의 매혹 영원히 간직하려거든
도촬은 허락하되
측은히 서 있다 꺾지 말고

요컨대
서둘러 봄은 가져오지 말아라.

가을 편지

衍松 노준섭

해찰할 틈 없이
앞만 보고 가는 길섶에
줄 지어선 노란 우체통

무심함으로 비켜섰는가
숨찬 하루만 채웠더니
모른 척 가버리면 좋았을 것을

저리도 많은 사연
낱낱이 적히는 시간 내내
주술로 살아나는 기억

신화도 아닌 것이
전설도 아닌 것이
애틋한 그리움으로 남아
계절 일깨우니

노란 편지지
흩날리는 풍경 앞에서
해찰할 틈 없는 삶
잠시 밀쳐
그리운 이름 불러 쓰는 편지

구절초 편지

衍松 노준섭

어느 산기슭에 하얀 꽃서리
멀미가 날 지경이라고
어찌 그리 고운 웃음 가득한지
모습 찍힌 엽신에 그만
가슴으로 풍덩 돌 하나가 떨어집니다

계절이 그래서
낮 밤 없이 노니는 생각 중에
어이 그 풍경이 없고
어찌 그 추억이 없겠습니까

바람에 노니는 햇살이
하 고와서
발그래진 미소에 쏘인 심장이
여적지 계절병으로 시린데

어인 연유로 잊고 산 세월
계절 가는 줄 모르다가
떵동 날아든 사진 한 장
거기 말없이 얹힌 소식에
우르르 그리움

홍수가 나고 말았습니다

잘
계신 거지요

꽃과 의자

박선미

길을 걷는데
바람이 무릎에 닿아 서늘하다
앉고 싶은데 꽃이 지천이다

꽃을 핑계 삼아 앉으니
무릎이 좋지 않던 어머니
꽃이 의자로 보인다 하던 말씀
알 것 같다

묶인 몸 어쩌지 못하는 꽃
서 있는 게 얼마의 설움인지
앉을 의자를 찾아
여린 몸 재재거린다

볼수록 빠져드는 꽃
앉으면 쉬 일어서지 못하는 의자

평생 누군가의 꽃이었던 어머니
평생 누군가의 의자였던 아버지

설화 雪花

혜안 진장명

사뿐사뿐 내려앉은 고운 발자국
누구의 발자국 인지
희미한 불빛에 반짝인다
뜰 앞에 소복이 쌓여 있는 송이 송이
하얀 메밀꽃 같구나

내 코끝에 내려앉은
하얀 솜털
나를 애무하듯
이 내 마음 적시며
옛 추억을 밟는다

가장 낮은 곳에서
물처럼 흘러흘러
잃어버린 흔적들
퍼즐 조각 맞춘 듯
은사시 나무 사이사이
눈 꽃으로 다시 피어난다

행복 이음새

芸萊 장금희

고단한 삶의 한가운데
소소한 행복들의
이음새가 보인다

갓난아기의
두리번거리는 눈동자와
방긋 웃는 옹알이
사랑스레 보듬는 어머니의 미소

먹구름 짙은 하늘에서
한줄기 비추는 햇살처럼
소소한 행복들은
세상 어디든 언제나 있다

불이 난 떡집

예박시원

그 길엔 시방도 국화꽃이 피어있을까

봉규 떡집에서 가져온
호박떡과 국화차의 절묘한 조화를
국화전시장에서 느꼈네

그 가을 국화차 한잔에
봉규네 떡 한 접시
더없을 찰떡궁합이었네

그날 밤 떡 방앗간에 불이 났네

온 동네가 떠나가도록
국화향기 은은하니
옴마나, 떡치는 소리
난리가 났네

시망스런 숱작새가 숱짝짝거린다

인생 나룻배

인생이라는
강물위에 배 띄워놓고
세월을 저어 갑니다

인생 강물위에
갈매기 사랑 엮어

두팔을 뻗어
온세상을 안고 싶지만

순풍에 젖어도
눈물은 고이고

세월에 묻어둔 사랑
가슴으로 가두어

인생의 강물위에
미소실은 배 띄우리

연꽃

조정숙

진흙 속 어둠 뚫고 햇살에 기대서서
청순한 너의 모습 푸른 듯 푸른 잎이
평생을 피워내면서 얽매이지 않았네

순결한 너의 마음 씻은 듯 꽃을 피워
산사에 불경 소리 심신을 수련하니
세속은 풍파 속에도 비켜가듯 하구나

가을에서 겨울로

인헌 곽의영

한 발자국 다가서는 겨울
여름 내내 울던 매미
허옇게 벗은 허물같이
무심한 게 삶이다

단풍이 물드는가 싶더니
어느새 지고
플라타너스 잎이 떨어져
가지만 앙상하다

이마에 깊게 팬 주름
마음의 계절은 아직도 봄인데
여름인가 하면 가을이고
가을인가 하면 겨울이다.

고래불

배만식

고래가 놀던 벌
아득한 모래 펼쳐진 해안선을 핥고 있는
파도의 혓바닥을 밟으며
맨발로 걸었네

하얀 포말이 무릎까지 감싸고
바다로 끌어들일 때
어지러워
자칫하면 용궁행이네

용왕님과 별주부
습한 간을 말리느라 빼놓고 다니는
토끼와 함께 사는
정겨운 사람들

쿠르르르 촤아
끊임없이 들려오는 용궁주파수
심해에서 구경 나온 오징어 떼도
바닷가 철사줄 위 일렬로 서서

못 들은 체
푸른 하늘 가을바람에 간을 말리고 있네

아버지의 꽃신

月影 이순옥

험하던 당신 발
고운 꽃신 신겨지던 날
하도 고와
당신의 긴 잠 굳이 다독였습니다

칠십 평생
논두렁 밭두렁 같은 길
자식들 닮을세라 죽죽 밟아 펴다보니
돌멩이처럼 뭉툭한
무뎌진 대팻날 같은 발

한평생 의지해 온 탯줄 길이와
수의의 무게 싣고
한 마리 나비로 날아오를
영혼보다 가벼울 당신의 꽃신.

여정의 아침

사밀 최문수

외진 쉼터 바라볼 수 없는 그늘진 작은 잎새
아침의 눈물에 영롱한 빛이 따뜻하게 안기듯
바라보는 길은 하루의 시간에 갇혀서도
순간순간의 간절한 기다림으로 빛을 입고
긴 걸음걸이는 연일 노을이 짙게 익어가면서
벗어나려는 몸부림의 무게를 가볍게 한다

애절한 지성이 심야 솟구친 북두의 별이 되듯
달빛에 홀로 외롭지 않게 오가는 바람 맞으며
밝은 하늘에 꽃 피우려는 우리의 꿈은
세상의 샘물이 누구라도 갈증 풀어주듯
새벽안개 속에서도 어울림의 꽃을 이뤄내
거친 환경 아름답게 가꾸는 세상의 빛 되리라

그립다 카페

김강희

커피향이 퍼져오는 아늑한 카페
거기 앉으면
그려지는 풍경이 있었다
교통사고라도 난듯
만져지진않지만
내면에서 균일하게 번져오는
찰나의 교감과 설레임
순간순간 내내
아득함이었다고밖에 표현할 수가 없는…

커피잔을 잡은 손끝이 떨려올때
멋적은 눈빛은 창가를 향했고
진동펌프에 머리를 맞은듯
경미한 현기증이 일었다
이마에 찰랑거리는 머리칼이
신선한 아침 풍경처럼 상큼해보였고
촉촉히 젖은 맑은 눈동자와
살며시 웃을때 보이는
하얀 치아와 미소는
그야말로가슴뛰는
심미안적 아름다움의 극치였다

신기루같은 첫사랑은
그러한 여운으로 가슴에 남는다
일부러 불러내지않아도
멀리서 손흘들며 아련하게 불러올때가 있다
그럴땐
아마도 외롭다는 거일거다
그때가 그립다는건
역으로 쓸쓸하다는 말이기도 할거다
그때의 풍경이 그립다는 건
그러한 몰입과 열정적 사랑이 그립다는 거일거다

살다보면
무엇인가 벅차게 그리운 날이 있다
무엇인가 아프게 저려오는 날이 있다
아련한 모퉁이
그 카페처럼

시간의 소중함

윤명학

우린 커피잔을 들고 있는 시간에도
세월이 가고 있다는 것
모르고 있다,

꽃이 피고 지고 있는데도
우린 가는 세월을 잊고 살았다,

예순다섯에 돗자리를 깔고
뒤돌아보니
시간을 잠시 소유했다는 것일 뿐

지금도 시간의 소중함
시간의 고마움을
우린 모르고 살아가는 듯하다,

참깨 꽃

윤명학

삶에 떠밀려 들판에 나왔고
들판에 떠밀려 고랑 사이로 가더라

지난여름 모질던 빗줄기
모질게 내려쬐든 햇살에도
거뜬히 이겨 내고
보란 듯 알알이 익어가는 참깨

가을빛 내리는 시월
길을 걷다 무심히 하늘을 본다,

어매야
깨 고랑에 아들딸 놓고 손자보고
보릿고개 넘기시며
함박웃음 짓던 어 매야

깨꽃 피던 날 친정 가면서
깨 터는 날 오신다는 어매는
소식 없고

깨알 깨알 모아 모아
짠 참기름 맛
우리 어매 삶에 눈물 맛 하겠는가,

| 2부 |

바다가 그리운 날에

바다가, 그리운 날에

김명이

햇살이 뻔득이는
바다로 가고 싶다
아~ 벌써 8월이구나?

내 마음 저 바다
묵은지 같은 정 하나
출렁이는 바다에
던져보고 싶다

이 여름에 땀 흘려 키운
잘 익은 옥수수 따다가
은빛 바닷가에서
하모니카를 불고 싶다.

사랑하는 내 친구 불러
바람과 갈매기와
파도 소리 들으며
오래도록 그리웠던
바다가 들려줄
이야기도 듣고싶다

새벽 별

김명이

아침에 눈 뜨면
제일 먼저 생각나는 주님의 사랑
새벽 별 빛난 별 내게 주시고
차창밖에 불어오는
새벽의 싱그러운 풀 냄새
나 오늘 행복하고 감사하네!

주님이 지으신 꽃동산에
기지개 켜는 노란 개나리
남새밭 귀퉁이에 앉은뱅이 민들레
봄이 왔네? 봄이 왔어
봄바람 앞세워 꽃구경이나 갈까

분분이 날리는 꽃나비
사뿐히 바람의 줄기를 잡고 날아
내 얼굴을 간질이네?
콧등에 앉아 아기처럼 재롱을 부리네
주님이 내 곁에 함께 계셔
아! 복되고 즐거운 하루였네!

푸른 날개를 펴라

김태순

그대는 푸르다
당신도 푸르다
산, 바다, 하늘
온 천지가 푸르다

푸른 날개를 펴라
희망찬 하루를 시작하자
힘을 내라
어깨를
팔을 한껏 뻗쳐라

풀이 되라 한다
나무가 되라 한다
오늘을 사는 너는
푸른 나무다.
이 땅의 재목이 될 너는
푸른 나무다.

마음의 고향

설봉(楔鳳) 허기원

뻐꾹새 우는마을 호박꽃이 살랑살랑
빨간댕기 나풀나풀 어디갔니 청아야
시냇가
맑은물 위에
송사리가 뛰놀고
영을넘고
재를건너
찾아온 고향산천
연자방아
돌아가고
얼룩소는 음메 에
흘러간
그 시절속에
그리워라 순례야
홍대추 울긋 불긋 익어가는 울타리콩
어머님 주름살이 야속 하고 서러워라
내고향 나리꽃 웃네 싸리꽃은 피는데

아카시아꽃 당신

어스름
달빛 아래
예쁜 별 솟아나고
개구리 구슬퍼라 내 마음
달래주네
정들자 웃으려 할때
모든 것은 가는가

삼경에 샛별 눈물
아카시꽃 아린 가슴
볼 우물
고인 사랑
저 달은 알고있지
영원히 변치않으리 찢어지는 앙가슴
예쁜 꽃

그 사연은
못다한 애정인데
하얀 꽃
슬픔 속에
가버린 내 순정아

한 세상
짧은 인생 아
모든 것이 떠나가네
보고픈 내 사랑아
오늘밤에 오실거야
호수에 달빛누리 홍수련이
미소짓고
싸리문 워낭 소리에 버선발로 반겼네

은하수 별빛 품에 아카시꽃
잠이 들고
달빛에 구름자네
내 품에 그님 자네
이 밤아 가지를 마라 우리님이 못 가게

흐르는 강물 위에 내 마음 띄워 볼까

못 잡는 세월일랑 벽장속에 넣어 두고
품어라 닭이 홰쳐도 별아 달아 내 사랑아

*시 우암(愚巖). 시조인 풍류나그네 설봉. 허기원(許基元)

꽃향기 품어주는 날에

김혜숙

자주빛 감자꽃 핀 언덕길
단풍잎 붉은 색으로 꽃 핀다
가시연꽃이 더 웃는 날
가는 세월에 흐르는 강물인가

사과나무 그 앙증맞은 꽃
모과꽃 나리꽃은 무엇을 할까
키 작은 채송화가
꽃향기를 품어 주는 날에

아름다운 능소화
미치도록 짙은 상사화
붉은 단심 사랑꽃이여
꽃 피는 일 멈추지 않으리라
꽃자락의 손풍금 소리
새소리는 옅어져가는데
달님이 내 눈 속으로
스며드는 남청색 달밤
아기별이 웃음 짓는 단풍꽃길
추억 한다발 사랑 한웅큼으로
어느새 사연이 여물어지는

어느 고운 가을 날
사랑으로 곱게 머물러 주기를…

목화솜 편지

김혜숙

엄마 냄새가 그리운 날
오동나무 옷장은 보름달
숨 쉬는 목화솜
그윽한 얼굴

아직도 엄마 냄새가 묻은
가을국화 목화솜 엄마 노래
가난한 날들을 보듬어 준다

알고는 못 갔을 목화 밭길을
오늘은 애타는
열두줄 그리움에
목화솜 사랑 편지를 쓴다
어머니...
그 곳은 따뜻하신지요

늦은 봄 곱게도 펼쳤다

이재란

늦은 봄
아쉬운 듯
일출이 떠오르자
여수 바다가 출렁인다

가지 끝에 걸린
봄바람
은빛 비치는 길 따라
늦은 봄날 곱게도 펼쳤다

나도 등달아
네온 불빛 따라
별빛처럼
여인이고 싶은 동백섬

꽃보다
아름다운 여수 밤
꽃보다
아름다운 밤바다
너와 함께 걷고 싶다.

아침의 만찬

박근태

하늘에 닿을 것 같은 폐지 더미와
가지런히 서있는 빈병 한 상자가
신이 난 듯 손수레를 타고
골목길 고물상으로 들어간다.

배춧잎 같은 지폐 한 장 동전 몇 닢
보약 같은 국밥 한 그릇에
막걸리 한 통은
어림잡아 될 것 같다.

눈 부릅 뜨고 차례를 지키는
개미 줄 같은 무료급식소는
가지 않아도 될 것 같다.
.

밥알 흐트러진 뚝배기에
걸쭉하게 익은 막걸리가
입꼬리를 치켜세우며
칼칼한 목으로 넘어간다.

밭고랑 같은 얼굴
창가에 따스한 햇볕 난로를 쬐며

된장에 풋고추 찍어 먹는
입가에 웃음 물결 담아보는 날

콧노래 부르며
짐을 내린 손수레
발걸음이 새털처럼 가볍다.
햇살도 주름진 이마에
살포시 앉아 웃고 있다.

마른잎

이안 최순연

스르룽스르룽 소리내면서
온 바닥을 나른다.
아름답던 추억도
예뻐하던 내 모습도
이제는 낙엽되어 실바람 속에

언젠가 초록잎 그늘되어
이마에 땀 훔치더니
갈바람 불어오니
다 오색 잎 되어

마른 잎으로
내 생명 마감하네

시듦

박용진

기억해, 가지에 잎망울 한 아름 휘파람 불다가 향기 만발의 꽃과 파란 애채는 낙엽으로 사라졌음을

언젠가 들른 옛집 비틀어져 죽어가는 라일락 앙상한 안테나로 하늘을 수신했지 저물어갈 날을 미리 재면서

우련한 회색 껍질과 휘추리에 간당대는 죽음에 네 곁에 머무르고 싶었어 떠나지 말라 옷깃 잡을 때 못 이기는 척이나

만개 이상 꽃을 만개하던 시절은 한순간, 나이테는 휘어져 사그라뜨려질 애정을 생각하며 다시 시작할 여정을 꿈꾸며.

고수

권태춘

젊은 날의 분쟁은 쉬웠다
국지전은 들불로 비대해지기 전에 싹을 잘랐으며
수탉 벼슬처럼 기싸움은 등등했다
묵은 상흔이라곤 없으니 후유증으로 치자면 다행이다
여기까지 와 동의하라곤 못 하겠지만.

중년 들어 승률은 널뛰다
다 자란 수평이 화목의 기치를 높이 들었다
더 이상 출혈을 원치 않았고
바작바작 나이랑 승률은 반대 방향으로 갔다.

솔개 같은 곤두박질도 용인하던 은퇴는
수습 쪽으로 빠르게 선회했다
파닥거리던 자존이 배부른 이삭을 닮아가고
먼 항해 끝에 뱃전은 파도를 섬기고,

출구는 늘 있는 법이다
나이 많은 병법대로
산전수전 경험들의 귀엣말대로
고분고분 닻을 내려 귀환한 항구!

'지는 게 이기는 거다'
세상과 완벽한 조우!
이를 악물고 나는 진다.

빗방울

하묘령

방풍 잎에 송송 맺힌
보석 빗방울

금구슬 은구슬
크고 작은 빗방울 보석

방울 방울 또르르
연잎에 구르는 옥구슬

햇님이 갖기 전에
내가 먼저 가져야지

인생

서정자

까나리 액 젓
새우젓을 버무려 오물쪼물
열무김치를 담그다
맛이 환상이다
김치 장사 할까

한 방울 떨어지는
비와 열무 비빔밥
씹는 리듬이 노래처럼
즐겁다

뽑혀 나와 김치로
피가 되고 살이 되어
'함께'가 되었다

나는
너의 희생이라 생각해 본적이 없어
너는 잔인하다 생각하니
살아가는 법칙이잖아

북태평양

고창희

엄마의 마음으로 두 팔 활짝 벌려
품에 안아보려고
찬 마파람을 맞이했네.

북태평양의 얼음 칼바람은
회초리가 되
온몸을 휘감는데
백야의 하늘가에
피어오르는 오색 빛 오로라는
천상의 길목이런가.

삶

정광일

인간에게 정해진 길은 없다
게임이나 거미줄은 정해진 길이 있지만
우리네 길은 무질서해서
늪지에 빠져 허우적대다가도
어느 순간 뻥 뚫린 대로를 걷기도 하고
탄탄대로라 해도
앞날을 점칠 수 없는 사막으로 변하기도 한다
현재를 부정하며 슬퍼하지 마라
내가 걷는 길이 힘겨워도
포기 안 하고 열심히 걷다 보면
꽃길을 걷기도 하니까 말이다
무질서한 우리네 길은 변화무쌍하다
실망하지 말고 늘 웃으며 걸어라
그만이 꿀 흐르는 달콤한 길을 만나게 될 테니까

요술 주머니

정광일

아이가 보챌 때
사탕 하나를 꺼내 아이의 입에 물리는
엄마의 요술 주머니
배고파서 칭얼거릴 땐 우유가 나오고
아플 땐 약이 나오고
추울 땐 옷이 나온다
곧바로 찾아온 것은 평화
엄마는 늘 가방 속을 꽉꽉 채운다
무거울 만한데 엄마라는 그 이름은
가방과 아이를 함께 안고 걷는다
힘이 든다는 말은 아이들이 자라 곁을 떠났을 때
자신의 가방을 비로소 내려놓고
마지막으로 내뱉는 말일 것이다

조각난 기억

-거울-

김미숙

방치한 시간
흩어진
파편 조각들

뒤늦게 달래 보지만
소름치는 보답
손끝 타고 흐르는 회오리

보다 못한 청소기
팔 걷어붙이고
살기로 꽉 찬 파편들
흡입해 먹어 치웠다

텅 빈 사각 틀만이 나를 바라본다

조각난 틈
이그러진 자화상
넌 누구니

거울 한켠 자리 잡은 회색빛 기억
다 담을 수 없는

파편 찌꺼기
조각난 너

퍼즐 게임
도전장 던진다
너에게

치마 아래 칼을 물었다

김미숙

너는 저리도 불꽃 쳐내는데
겨울내내 눈물 삼켜서
봄에는 저리도 눈꽃 뿌리고

가을에는 전기가 흘러서
고개만 들어도 고추잠자리
화들화들 정신 못 차리는데

내 치마 속에는 화난 요강이 들어 있어
기약 없는 사람 눈치 빨에
차마 앉지 못하고

무거워져가는 치마 속만 애타네
빨간 장미 이유도 모르고
가시만 송곳 세우듯

조선 여인이 비웃네

무궁화

서화 구도순

바람이 불어와도
눈비가 쏟아져도

변함없이 제자리 지키며
유구한 역사 속에 활짝 피어난

고귀한 만세의 꽃
대한민국의 자랑이네

온 누리 퍼져가는 그윽한 향기
날마다 내 마음에 담아보네

둥지

이수일

둥지에는
새들이 알 낳고
새끼 키우고
아버지의
마음을 잘 아는
막걸리와
풋고추 된장도 있다

부엌 밥솥에
장작불 피면
밭갈이 어미 소
송아지 찾아 울고
새벽안개
송아지 찾아 떠난다

나락이 익어서
논 자락을 떠나듯이
둥지를 떠난 지금
가끔 디딤돌을 건너다
풍덩 빠지기도 한다

진눈깨비 내리고
저무는 하늘을
수없이 안아 넘긴 지금
꽃 속을
파고드는 꿀벌처럼
옛 둥지가 늘 그리워진다.

그 집

정영철

산발한 소문이 넌출처럼 알렸다
오래된 시선이 바퀴처럼 다녔다

선술집 목로는 파도처럼 빠져나가 야위었으나
여태 기억은 쓸만한 살집을 가졌다

간혹 수제비는 별식이어서
비 오시는 날 간택되거나 밥상이 쉬는 막간에
혹은 해장이 필요한 가장의 부름에 응답하기 십상이다

죽순처럼 키를 늘일 때,
쌀보리는 귀하고 해치워야 할 입은 많아서
고랑 깊은 손이 종잇장을 이기는 수제비를 끓여댔다

간장이 비위를 맞추고 김치가 제 일을 다 하면
난 일 다 본 목구멍의 주인이 됐다
둘러앉은 뾰족한 눈치 땜에 밥상을 떠났지만
소매 김치국물처럼 건더기가 어룽어룽 따라다녔다
산그늘이 온기를 지우고 시절은 비탈졌지만
송곳니를 쓰기보다 혀를 찬 수제비가 물수제비처럼 차오
를 거라며

내 등을 주인이 쓸어 주었다

집은 간판도 사치라며 술집도 밥집도 아닌 것이
종잇장 밀반죽을 날리자 대번 어제가 달려왔다
몽땅 빗자루처럼 쓴 손이 거기 있었다

| 3부 |

꿈꾸는 다락방

꿈꾸는 다락방

海潤 김지연

아카시아 향기 밤하늘에 매달려
별 하나 붙들어 교차하는 시간
고요는 이미 심장 너머 바람따라 흐른다

잊혀질것 같은 그날의 이유들
각색의 무늬 달고
무표정한 얼굴 그림자 걸어
작게 피어나는 신음소리

만개하는 꽃망울 처럼
간절히 소망하는 몸짓
별빛만큼 반짝이던 눈망울
가느다란 허리 굽혀
꽃볼 만지며 지나가는 어린 눈

달빛 무심히 지나는 밤
꿈꾸는 작은 방
너만을 위한 우주를 만들어
세상의 방패 되어줄 공간

기억의 창, 알토란 같은 사연

유월의 향연

海潤 김지연

묻어 들던 선홍빛 조각들
발 밑창으로 얼룩지는 여명
푸르른 향연 펼쳐 터트린 온유한 길

복잡한 생각 잠시 떠나
아침을 투영시켜 흡입 하듯
넉넉한 품으로 안겨 보는
그저
자유로움을 외쳐보는 것도 괜찮을

바람따라
평화로이 일렁이는 수풀
새살돋아 세포처럼 꿈틀이는 풀벌레
살피는 눈빛 보드란 눈웃음
수시로 변하는 구름도 쉬어가

꽃처럼 내려앉은 유월은
하얀 젖줄기 놀러 나온 오솔길

연정 戀情

草堂 박인재

깊은 밤
뒷산 숲속에서
소쩍새 슬피 울더라도
내가 운다고 생각지 마.

그날 물안개 피던 날
함께 그렸던 오색 무지개
손에 잡을 수 없어도
아름다운 색깔이었어.

소쩍새 밤새 울다
날이 새면 그치고
무지개 아름다워도
시간 흐르면 지는걸.

행여 그곳 지날 때
문득 생각나거든
지나가는 바람에게 전해
그래도 그때가
아름다운 날이었다고.

통술 거리

김인생

술잔 비우는 속도는 빛과 같은데
마음 한구석에 채워진 아픈 기억
이것은 이다지도 비우기가 힘이 들까
자! 선배 후배 직장 동료
마음의 벽이 있거들랑 통술집으로 가자
새까맣게 탄들 어쩌하랴
얼어붙은 마음인들 어쩌하랴
한잔 두잔 비우는 술잔으로
등나무처럼 배배 꼬인
마음 한번 풀어 보세나
술잔 속에 담아
누에고치 실 빼듯 술술 풀어
수년 동안 쌓은 벽 한번 허물어
밝은 세상 한번 만들어 보세나
험한 세상일수록 꼭 허물어야 할
우리들의 마음의 벽을…

인생

강하영

선선한 바람이
아침의 시간을 깨운다.

24시간의 모레시계
쉴세 없이 일을하고
각기 각색 흩어진
우리들

이것이 삶이구나
산다는것은 마치
릴레이 달리기 선수 같아

벽화이야기

정휘 김정희

4월의 봄날
골목벽화는 즐거운 나의 숙제

3. 8 경화시장
또는 일주일 중 5일은 봄비내리기에
조바심 나게 하는 숙제

그래도
세월아 했더니 어느새 완공이 되어가고

"샘! 퇴근 때 만두 사 주이소.
밥하기 힘들어요.
그래요. 뭘 못 해 주겠어요. "
고기만두, 찐빵 봉지 사서 퇴근시키고

광양매화마을부터 뭉친 벽화팀
점 점 가족애가 생겨나고

끈끈한 정
새록새록 담은 문화 꽃 사업 되어가고

중년으로 사는 오늘

山亞 배정숙

차창 밖으로 슬쩍슬쩍 지나는
내 시간의 구겨진 이정표가
이미 많은 시간,
내 삶을 데려왔네

빨리 가지 마라 붙잡는
시계 초침의 무게를
큰 화살표로 옮겨 달고

덜컥이며 징징거리는
닳은 운동화의 끈을
기꺼이 고개 숙여 매어주네

그래도

가만히 눈 감으면
미소와 함께 스치는 행복이
조용히 응시하면
답하며 뛰어오는 바람이

중년을 사는 지금에서야

그래,
비로소 알게 된 새로운 세상

시간은 다시
잡은 팔 뿌리치며 달아나려 해도
이제는 잡으려 않네

시간 위에 올라타
내가 세상 보겠네

항아리

김성선

앞산에 울긋불긋 가을을 입던 고향
햇볕이 살찌우고 달빛에 익어가다
밤사이 비를 맞고서 떨어진 땡감들

새벽닭 요란스레 하늘을 쳐다볼 때
어머니 주섬주섬 앞섶 가득 감 줍더니
장독대 항아리 열어 차곡차곡 넣었네

한주먹 소금 넣어 휘이익 저어가며
너희들 주전부리 내놓은 밤비라니
눈뜨면 감삭기만을 뚜껑 들어 보았네

일지화

엄윤남

입좁은 토병에다
초 봄을 달랜다

휘여진 넝쿨에
매달린 망개열매

선 따라
꽂은 소국몇송이
토병속의 일지화

별이 빛나는 밤"을 그리며

-빈센트 반 고흐-

구나윤

고독이 켜켜이 불을 지피며
맑은 영혼으로 피어나는
자아自我
무수한 별들이 눈에 박힐 즈음
난 별 하나를 향해
어둠을 가르는 외로움을 쏘아올렸지

밤은 이내 고요해진다
별에 닿아 부풀어진 그리움은
별똥별로
지구 반대편 언저리 어디쯤
내려앉았을까…

어두웠던 세상이 마치
빛같이 환해졌다.
별을 보았지…
밤새 풀어놓은 눈부신 별빛들

숨죽인 심장이 타오르고
날 선 영혼이 불을 지피고
별의 길을 따라가는
신비한 푸른 밤을 보았네

오래전 건너온 강렬한 광채

이슬

고안나

몸 돌려 중심 잡아도
나는 물방울
단번에 깨질 푸른 잎의 열매
시린 눈 깜빡일 때
한 방울의 눈물
발길 멈춘 풀잎
그 위에서 오소소 떨고 있지
움츠린 나는, 선경仙境의 열매
아슬아슬한 벼랑 끝
날개를 다오

당신 꿈 깨어날 때
어차피 이별이지
풀잎에 맺힌 투명한 씨앗
몸 뒤척이다 떨어지는 유리구슬

희망가

素然 이혜순

시와 늪 발간 멋진 시집
시인들의 다양한 시
지금 읽어보니
더욱 마음에 와 닿고
귀하다는 생각 드니
나 부족함에 가슴이 떨린다
끝없는 어느 세월 가더라도
언젠가는
귀한 시한편 적어낼 수 있다면
이 길 후회없이 가련만

마음 통찰

素然 이혜순

처음 먹은 마음 버리리가 힘든가
잘 못 들어선 마음인가 아닌가
세월이 가고 나이가들면
생각도 변하고 마음도 변하는 걸

나이 들어 변하지 않는 마음도 있겠지만
인간의 마음 과연 정답이 있을까
후회가 있을 때
그때 나온 마음이 정답에 가까울까

계절따라 아름다운 꽃도 피고 지고
구름에 태양도 가리운다
먹구름 덮쳐 홍수가 나고 벼락이 칠 때
잔잔하던 태평양 바다 휘몰아치는 돌풍

언젠가는 당할 수 있는
천지개벽의 순간들
한번 작은 실수 큰 실수 되지 않기 위해
오늘도 깊은 통찰의 시간을 보내본다

연꽃 향기

백성일

뭉글 뭉글한 구름이 솜사탕 되어
발자국 소리 죽이고
사뿐히 파란 가슴위에 내려앉는다.
기다림에 지친 만남은
눈물이 구슬 되어 가슴을 더듬고
두 몸이 하나 되어
황홀한 정사를 이루고
흙탕물 속에서도 물들지 않고
청정한 몸과 마음
그대의 향기가
세상을 정화시키고
이제,
잊을 수 없으며
무더운 여름이 지나가고
가슴이 갈기갈기 찢어진다 해도
푸른 마음은
그대를 쓸어안고 죽어갈 것이다

숲속의 아침

박상진

축축한 숲속
무거운 집 짊어진 달팽이
묵묵히 기어가고
개미들 바삐 가는 이 길
아침 햇살
나무 비집고 들여다본다

나무는 가만히 서서 가는
갈림길에서
어느 길이 참인지
햇살에게 묻는다

기억을 너머 여전히...

조윤희

폐부로부터 기어 나온
습관성 발작처럼
하나하나 빚어진 형상들 속에서
무언의 아우성들이 치솟아 나오며
결계의 틈을 비집고 나와
숨구멍에 들러붙은 기억 한 덩어리가
한참을 비틀거리면서 컥컥 거린다

겨우 빠져나온 공황의 터널 안으로
또다시
영역의 불분명한 슬픔이 어룽지게
밀려드는 무력감이
검은 최면을 걸어댄다

그럼에도 불구하고
태양은 뜨겁게 빛을 발하고
하늘은 파랗게 물이 올랐으며
바람은 그렇게
계절을 불어 가고 있었다
여전히

이기대 푸른 바다에서

조윤희

비취가 녹아든 바다를
하나하나
소중하게 담았던 오늘을
또다시 들여다보며
하루하루를
날마다
그리워하겠습니다
이기대의 물빛을

밀려드는 파도의 몸짓에
폐부가 파쇄되고
묶였던 심장이 해갈된
하얀 포말들의 아우성에
화답하는 바람의 춤이
바다 곁 둘레길을 뒤덮었던
그 멋진 시간을
또다시
더듬어 가겠습니다

함께 해서
너무도 아름다웠던

당신이
내 곁으로
또다시
오실 때까지

아빠의 통통배

백이석

큰 배가 지나가면 파도에 밀려
자랑할 속도는 아니지만
노 젓는 것보다 훨씬 빠른 아빠의 통통배

그냥 통통배가 아닙니다
고기를 가득 실어줄 보물선입니다
아빠의 통통배는 오늘도 바다를 누빕니다

오늘따라 통발이 텅텅 비었네요
내일은 한 마리 더 주겠지
봄이 오면 통이 가득 차 올 것을 믿기에

아빠의 통통배는 보물입니다
아빠의 통통배는 희망입니다
아빠의 통통배는 우리 가족입니다

똑딱이질(전어타령)

백이석

똑딱똑딱 전어 배 똑딱
전어 한 마리 잡을까 말까
전어 몇 마리 잡았소
윗녘으로 쫓아라
아랫녘으로 쫓아라

그물로 전어 떼 빙 둘러싸고
똑딱똑딱 뱃장을 두드려라
그물에 은빛 전어 떼 주렁주렁
전어 한덤버지 쌓으니
논다발이 투두둑

*여수시 낭도 아낙들의 전어 잡을 때 똑딱이 질 하며 부르며
  전해 내려온 전어 타령을 인용.
가을 전어 머리에는 깨가 서 말, 전어 굽는 냄새에 집 나간
  며느리가 돌아온다는 말이 있을 정도로 전어에 대한 이야
  기가 다양하다.

소원

娜炅 김진석

감추지 못하는 소원이 있습니다
사랑하는 이들과
사랑을 주는 이들 모두가

아픔에 노여워하지 않고
고통에 괴로워 신음하지 않으며
힘든 일에 지쳐 쓰러지지 않기를

고통을 나눌 수 있는 온기와
어려운 일을 마다하지 않으며
즐거운 마음으로 살아갈 지혜를

그리하여

사랑의 마음이 전해질 수 있도록
사랑으로 보듬어 줄 수 있기를
살아가는 날들의 맛을 느끼는
마르지 않을 삶의 샘물에
즐거운 마음으로
살아갈 용기가
날마다 가득 채워지길
소원합니다

토마토 분갈이

송선희

아들이 학교에서
고사리손으로
빨갛게 익을 청순한
꿈의 모종 받아 왔다
엄마!
토마토 모종 분갈이 좀 해줘!
며칠째 담쟁이 넝쿨 꼬듯
조른다

조심조심 분갈이하면서
토마토야
넌 어른이 되면
겉과 속이 빨갛게 같으니
널 닮으려고 애써도
한 번씩 삐딱선 타는데
빨갛게 방울방울
볼수록 착하고 사랑스럽네

오작교 烏鵲橋

녹아 김맹한

광한루 지붕 위 맑고도 푸른 하늘
느티나무 가지 끝에 걸리고
오작교 물결 위 흐르는 흰 구름
한 조각 입에 문 금빛 잉어 떼
파문을 일으키며 세월을 삼킨다

고운임 눈망울 속 어리는 사랑
실버들 휘늘어진 가지 끝에 주렁주렁
살랑대는 바람결에 갑사댕기 그네타고
맺은 언약 세월 속 어사화로 피어나네
기다림의 시간들이 여물어가는 계절

휘영청 밝은 달 웃음 완월정玩月亭에 넘쳐나고
한 잔술 나누어 마시며 천년을 약속 하네
새끼 품은 잉어 떼는 오작교에 한가롭다

설익은 햇살

綠芽 김맹한

소한이 지난 하늘엔
흰 구름 한 조각이 뚝 떨어져
잰걸음으로 서산을 넘고

찬바람이 스치고 지난 들녘에
훌훌 벗어던진 나목은
힘에 겨운 듯 햇살 한 줌
서럽게 머리에 이고 섰다
아마도 아직 설익은 햇살 탓에
잔가지 끝에 매달린 바람만 울음을 터뜨린다

까치가 날아 간지는
이미 오래전 추억
서럽게도 흰 구름 속을 배회한다.

| 4부 |

청춘

내가 사랑하는 농부아저씨

정연우

내가 사랑하는 농부아저씨는
로션 하나 바르지 않은 듯한
거친 구릿빛 턱에
까끌거리는 수염을 가진

그럼에도 불구하고
그가 지나가면
봄산은 온통 하얗게
산벚꽃으로 아수라장이고,
진달래의 불 속은
심장이 설레설레
갈 길을 잃고 만다

변변한 실력으로 텅텅거리며
풀을 베고, 삽질을 하고
파김치에 대충 막걸리 한잔 걸치고
하루를 다 산 듯이 사는
도시에서 건너 온 농부아저씨는
밤이면
아이고! 아이고!
끙끙 앓는 소리를 한다

그렇다고 여우꼬랑지같은 봄볕이
살랑살랑 좋아할만한 행색도 아니라서
흙묻은 묵직한 바지가
젖은 면장갑이
몹시도 촌스러워보이는

그럼에도 불구하고
그 사내가, 나는 좋다.

커피

강봉래

예쁜 찻잔 속 출렁이는 커피
달달한 입술 같은 설탕
화려한 수채화를 수놓은 프림
허기진 시간을 달래주던 다방커피

나도 한때는
만인의 사랑받던 커피었다

아메리카노 세상
치매 걸린 다방커피 신세로다

청춘

김완수

나무들 물들고서야
푸르름이 얼마나 아름다운지 알았네
울긋불긋해야 눈부신 줄 알았는데
이제야 푸릇한 날들에 눈이 감기네
한 해가 익을 때
나도 철들어 가네
삶의 가을쯤인
내 나이 오십 다 돼

골목길

김완수

한구석에서
장승처럼
길 꼬박 지키는
전봇대

전봇대 옆에선
사람들 마음
차곡차곡 담는
수거함

가끔은
버려진 가구들과
쓰레기들이
눌러앉는 날 있어도

고양이가
놀러 와
비비적비비적
온기 묻히고 가면

겨울밤

골목길엔
함박눈
가득 쌓인다

그리움

김명호

닦고
또 닦고
내 마음
녹슬지 않아
별이 되지
언제나 빛이 나게
멀리 있으니
눈 부시지 않아
가슴에 박히지
별은 늘 속삭이지
영영 빛이라고
반짝 반짝
밤마다 별을 보며
너에게 물으면
꿈에서 대답하지
달처럼 환하게
웃으며
은빛으로
광을 낸다고
보고 싶어
내 사랑
별 되어 빛나

울타리꽃 槿離

眞木 김명길

진목정 고향마을 무궁화 생울타리
어둠을 걷어내고 찾아 온 환화여인桓花女人
청초한 꽃잎 한 가운데 붉은 단심 나라꽃

내리쬔 불볕햇살 오롯이 받은 꽃잎
화사한 옷자락들 나풀댄 하얀 마음
배달꽃 은근과 끈기 듬뿍 안은 조국혼祖國魂

햇살이 황혼빛을 온 누리 뿌릴 때면
연보라 일편단심 배달혼 가득 담아
꽃송이 하나로 뭉쳐 피고지는 희망꽃

시집 온 천사의 나팔

相林 이정순

하늘 이야기를
나팔주머니 가득 담아
꽃가지 주렁주렁 매달고
아름다운 사랑 속삭이네
마음과 마음 하나가 되고
꽃바람에 피어오른 사랑

다소곳이 고개를 숙인 너
겸허한 여인들인 양
송이송이 피어난
삼십 여 송이 나팔들
바람결에 한 몸 되어
춤추는 천사들이여

사랑의 종소리
어렵고 힘든 세상
천사의 나팔소리 화음和音
가슴속 사랑꽃 활짝 피우네

보랏빛 연가戀歌

春齊 최용순

어릴 때 뛰놀던
마을 뒤 언덕
보라꽃 물결치던 제비꽃
보랏빛 흠뻑 물든 치마저고리
'난 제비꽃 공주'
'넌 아름다운 한송이 제비꽃이야'
꼬옥 안아주었던 재덕오빠

서로 손잡고 노닐다
끼워주던 가락지 제비꽃
웃고 즐거워하던 언덕
돌아오지 않는 시간속에
멈춘 추억들

철부지 어린 시절
뛰놀던 보랏빛 꽃밭
푸른 과수원이 된 언덕
하늘에 목화밭 뭉게구름 보며
아! 두고 온
오월의 그리운 제비꽃
그 옛날 언덕에 기대고 싶어라

호숫가에서

정인환

여기는 호수
고요히 안개가 갈 앉고 있다

호숫가
내 마음의 벤치에 앉아 삶의
뒤안길로 든다

늙은 시야
선명은 없고 가야 할 길이 침침한
가운데 나를 에워싼

자욱한 안개 속
흐릿한 내 영혼의 영상들이
스쳐간다

천년의 역사 아니 그 이상을
내려온 빛바랜 필름처럼

안개 속 아련한 뭔가 나타났다
사라지고 반복을 연잇다가

드디어 드러난 낡은 배 한 척
그 몸체엔 무수한 격랑의 흔적

아픈 상흔
그것은 되레 쇠한 나를 일깨운
따사로운 아픔

환전

이춘애

생각은 유효기간 다한
시간을 뒷걸음질하며 서성인다

23년 하루 왕복 95킬로
감각 먼저 길들여진 출근길
몸은 네비 없는 사계절을 달리고

기상청 예보와는 상관 없이
가난과 청춘을 와이퍼로 닦으며
오차 없는 시간을 도착 시켜왔다

딩동
은행 알림음은 경쾌한 리듬 이탈하여
판결봉 소리를 낸다

귀하의 바친 열정과 청춘의 대가를 환전하여 입금 되었습니다
쓰임의 법정 유효기간은 여기까지입니다
탕 탕 탕

퇴직금 들어오는 날
향기 잃지 않은 젊은이 노인의 시간을 바꾸려
나는 다시 환전소로 간다

시월

이춘애

발등 위에 올라탄
늘어진 가을 그림자

오솔길 걷다 보니
풀벌레 지나가는 길섶마다
스산한 바람 끌고 가늘 울음 토해 놓는다

삶의 뒤안길 온몸 부스러질 듯 매달린
물 빠진 이파리 하나 둘
떨어지는 아쉬움과 그리움
사라지고 살아내는 계절의 마디를 뒹군다

노을빛 산화되는 저녁
삶의 빛깔 닮은 갈색 잎 하나
손 흔드는 아련한 그리움 책갈피에 끼운다

시월은 눈물 나도록 아름다워서

들꽃도 꿈을 꾼다

설화 이혜원

오고가는 길에
꽃씨를 뿌리는 사람들이
있다

내년이면 그 꽃씨는
고운 색과 향으로 우리를
맞는다

민둥산에
나무를 심는 사람들이
있다

몇 년 후면 그 나무는
한결같은 자리에서 우리의 안식처가
된다

나의 험악해진 마음에
순간 찡하게 정을 주는 사람들이
있다

사는 날까지 나는
가능하면 그 마음을 닮으며 살고 싶다

안녕..

풀꽃 김은경

늘 똑같은 아침인데
오늘 유난히 창문을 열며
낯가림을 한다.
늘 즐겁고 감사한 아침이길 바라는데
어제 헤어짐의 아쉬움이
언저리에서 서성여서인지
차창 밖으로 보이는 생기 있는
인사가 왠지 가식으로 보인다
아니.. 어제는 잊어~!라는 인사로 보인다.
난 헤헤 웃으며 아침아 고마워
인사를 해본다. 어제 와 다를
또 다른 오늘 하루의
여행을 위해 인사를 한다

좋은 날

풀꽃 김은경

이른 아침 새벽을 가르는
새소리가 들린다
시끌시끌 조잘거림이
창문을 뚫고 긴 밤 잠 못 이룬
내 귓가를 어지럽힌다.
마치 어릴 적 할머니 손잡고 돌던
시골 장터의 옛 추억이 기억을
휘젓는 듯 하다.
좋은 음악과
누군가를 기다리듯 이리저리
서성이는 내 모습이 잠시 잊고 있던
영화처럼 스쳐 지나간다.
오늘도 그렇다 매일 다르게
잊을수 없는 순간들이 지나간다.

처음 사는 거니까

가늠할 수 없어
미안하고
미치지 못해
미안하고
모놀로그의
그림자에 깔려
비틀거리다

부서진 시간에도
비겁한 눈동자
잠시 감고
한숨 돌리며
가보는 거야

처음이라
아픈 거야
가끔은
힘들 거야
처음이란
그런 거야

옥잠화

첨訂 홍윤헌

햇살 가득한
푸른 정원
옥잠화 고요하게 일어섰다.

진지했던 그 눈빛
맑고 깨끗한 웃음소리
그윽한 향기 밀려와
품속에 곱게 감싸 모셔본다.

곱디고운 사랑의 흔적
아련히 떠오르는 지난날의 아쉬움
가슴에 쓸어 담으니
바닥 보인 소주병이 서럽다.

뭉게구름

삽訂 홍윤헌

일어나지 않을 앞일 걱정에
꼬박 밤 지새우고 바라본
먼동트는 마산 앞바다 붉은 구름이 상서롭다.

두둥실 뭉게구름이 피워 오른다.
가장 좋은 것이 가까이 있음에도
내일의 즐거움에 마음 졸이다가
한줄기 실바람에 내 꿈도 숨바꼭질한다.

이루지 못한 젊음의 꿈들
모든 것이 먹구름에 휩싸여
흩어지듯 모여지고 없어지다 생겨나니
갈고 닦은 평생 꿈이 뭉게구름이더라.

고인의 행선지

이원희

부식된 세월의 외진 마음
문을 단단히 걸어 두셨군요

반대쪽에 서 있을게요

영원이라는 최면에
걸렸다고 말해주세요

풍습을 다 읽을 수 없어
실금을 더듬어 봅니다
그런 다음
부적처럼 두른, 두껍고 습한 문장을 깨워보겠습니다

당신이 완성했던 그것에 대해
마취된 미궁 속 저지대 그 안에서 충만한
당신은 백야입니까

고독한 문턱 너머의 자유가
자신의 의지가 아니듯
내가 유일하다고 믿었던 사랑이
꽉 찬 댓 숲의 그늘처럼

질식되지 않을까 두렵습니다

완성을 말해주지 않아 넘어가지 않는 페이지
도둑처럼 불어온 바람이 거기서 멈추었군요

누구!
고인의 행선지, 아시는 분 계실까요

그림책 따오기

현담 이원희

물감의 기만전술이
그들에겐 서식지가 되었고
산란치 못한 무정란의 계절은
동화책 표지의 안감이 되어 있다

더이상 짝지을 수 없게 된 생존본능
번식 대신 목차의 차례를 택했고
부록 속 방치된 비바람과 태풍은
낱장으로만 흩날릴 뿐
생존법칙 따윈 존재하지 않았다

사면이 막혀 굳어진 신경 같은 책장을 벗어나려
긴 부리를 저어 봐도 꿋꿋이 휘날리지 않는 깃촉
별일 아니라는 듯 비행이 소거消去된
종이 질감의 난감한 수사법을
귀가 아닌 눈으로 듣는 아이들
인화지 속 정기적으로 방생되는 따오기 소릴
천진난만한 웃음으로 이식받는다

방목한 둥지의 인쇄 향이 짙다

봄비와 진달래

청안 황혜림

그대이기를
내가 기다리던 봄이기를
간절한 마음으로
견뎌온 긴 겨울

그대의 향기로
설레는 내 마음이
이미 꽃피우고 있었지만

봄비는 생각 없이 내려
화사한 그 얼굴에 눈물 지우네
가려진 슬픔이 비처럼 흐르네

차라리 피지 않았으면
부르지 않은 노래처럼
언젠가 다시 부를 수 있을 것을

내 마음을 가져간 나의 진달래꽃이여!

너의 시간

온유 김종석

시간은
그냥 지나가지 않는다

피를 흘리면
따라서 피를 흘리고
꽃을 피우면
따라서 꽃을 피운다

피투성이 역사는
피의 강이 되고
강은 비가 되고
비는 강이 된다

이에는 이로
눈에는 눈으로
한순간도 지나치지 않아
모든 기억은 바위에 새겨진다

시간은 결국
예리한 비수처럼
일 초 일 초

남김없이 뼈에 남는다

영원히 멈추는 시간이 없듯이
영원히 흐르기만 하는 시간도 없다
너의 시간은
네 생명의 시간

폐허위의 해골 같은
먼 그날
그냥 지나가지 않는
것입니다

비가

송영자

내린다
사그락 사그락
하늘 천사가 오는 소리
옷깃 슬리는 소리

갈증으로 허리 휘던
텃밭 채소들 몸에 생기 돌고
먼지 푸석이던 산책로도 촉촉하다
천변에 야적된 갈대더미 사이
백색의 소음에도
둥글게 원을 그리며 비가 내린다
때론,
흙탕물 되어 사람들의 탐욕을 험악하게 덮치기도 하지만
조금만 시간을 주면
작은 오솔길에 패인 풀뿌리마저도 속 살 비추는
섬세한 손길

지극히 높은 하늘에서 시작해 망망대해(茫茫大海) 이르기
까지
낮은 곳만 바라보고
꼭 낮은 곳으로만 향하는 비가

막히면 돌아가고
돌아가는 길도 막히면
뚫고야 마는
바위를 뚫는 그 근성으로
하늘의 지엄한 명을 수행하고 있다

온 산하를 세척 했는데도 자신은 더욱 깨끗해진 비다

물속으로 간 마을

송영자

둘러선 산기슭에
푸른 물 그윽이 차오르며
커다란 눈동자
호수는 말을 잃고
희뿌연 안개만이 옛 생각에 집 잠겼어라
작은 배 노 저어 들여다본
마을회관으로 곧게 뻗은 길
허물어진 담장 앞에 주인 잃은 장독대는
윤슬로 반짝이고
동네 꼬마 녀석들 함성 지르던
골목 쓸쓸히 비어있네

허공을 헤엄치는 물고기만 제 세상인양 거침이 없구나

앞집 영희
뒷집 철수
어딜가야 만날까
언제쯤 손 마주잡고 흔들어 볼까

내 유년의 판도라
마술 풀리는 날

그날이 오면 유물이라 불리리라

몇천년 후에

*용담호 수몰민께 바칩니다. 하겠는가.

설연화

홍병훈

시린 겨울
송이송이 소담스럽게 내려
눈과 낙엽으로 덥힌 골짜기
처절한 삶의 몸부림
눈 속에 피어나는 설화

하얀 눈 밖으로
노오란 얼굴 살포시
파르르 파르르 떨며
노오란 미소 띠는
설원에 핀 그리움

햇살이
보드라워진 아침
한줄기 희망
봄을 만난 꽃처럼
산들바람에
산들산들 흔들리며
춤추는 너는
설연화.

가을의 아쉬움

홍병훈

뜨락의 아기 단풍
가로등 불빛 아래
발그레하게 가을빛으로
물 들어가네

단풍 빛이
고울수록 정 붙었던 가지
떠날 날이 얼마 남지 않은 것을
잎새는 아는지

물 들어가는 단풍잎
달맞이 꽃이며
구구절절 사연 많은
구절초도

스산한 한기에 스러져 내리네
아쉬움만 가득한 가을
하루가 다르게
저만치 달아나네

숲속의 아침
(95그루의 시심이 꽃을 피우다)

초 판 인 쇄 | 2023년 09월 22일

발 행 일 자 | 2023년 09월 25일

지 은 이 | 배성근

펴 낸 이 | 김연주

펴 낸 곳 | 성연 출판사.

인 쇄 | 주) 상지사(파주공단: 재두루미길160)

등 록 | (등록 제2021-000008호)경남 창원

홈 페 이 지 | https://cafe.daum.net/seongyeon2021

디 자 인 | 배선영

메 일 | baekim2003@daum.net

전 자 팩 스 | 0504-208-0573

연 락 처 | 010-4556-0573

정 가 | 12,000원

낱 권 ISBN-979-11-979561-3-3(13800)

이 도서의 출판예정도서목록(CIP)은 9791197956133
국립중앙도서관 서지정보유통지원시스템 홈페이지(http://seoji.nl.go.kr/)와
국가자료목록시스템(http://www.nl.go.kr/kolisnet)에서 이용할 수 있습니다.